推してみて

ナカムラ エム
NAKAMURA EMU

幻冬舎 MC

推してみて

推してみて　目次

本作では愛と敬意を込めて、特定の作品や著名人の方のお名前を使用させいただいております。内容は著者の個人的な見解です。

プロローグ

はじめまして　ナカムラ　エムです。

私は１９５８年1月24日生まれの65才です。人生はあっという間です。65年も生きてきたなんてビックリです。生まれは横浜の鶴見です。私が1才のころに母が離婚して母の実家のある静岡で育ちました。

母が洋和裁の先生をしていた事もあって、服飾に興味を持ち服飾のデザイナーを目指す専門学校に入学が決まり18才で上京します。

よく言う１９８０年代、私は20代ど真ん中ですから、バブル景気の中お金は無くても将来の不安も無く、青春を謳歌していました。

25才の頃勤務していたニットの糸の会社では直属の上司が、呑みが好きな方で接待と称しては日常的に、銀座、赤坂、六本木、の生活を強いられていました。綺麗なお姉さんのいる所に行くのだから、私は行かなくてもいいかと思いきや、お前はしゃべれと、付き合わされました。

赤坂のクラブのママはあなたかわいそう、いつもこんなの付き合わされてと言っていました。初めて人前で歌ったのも銀座のクラブで、ピアノ伴奏でした。日々寝不足でしたが、この貴重な経験は後の人生に役立っているのかも知れないです。

29才で結婚して現在35才の娘と34才の息子がいます。この間娘に「お母さんは幸せだね、子供が二人とも順調で」と言われてあーそうだねと言ったものの振り返れば大変でした。

娘は今ＩＴ系の仕事に就いていて充実している様です。私の家からは、徒歩３分程の所に二人の孫とすんでいます。娘は19才で一人目生んでいるので、孫は長女のマナが15才。去年ダンスのオーディションに合格して、芸能事務所に所属しました。長男がレン13才、只今思春期真っ只中の難しいお年頃です。

34才の息子は、一昨年少々行き違いがあり連絡をとっていませんが、またスキルアップの転職をして元気にやっているようです。幸せでしたらオーライです。

私の話に戻りますが、長女が5才の時にいわゆるセールスレディーとして保険会社に入社しました。

営業だから不安はあったのですが、お前はまがい物の玉を売っている訳じゃないのだからと、夫にはげまされ、時にはおだてられながら、意外に仕事は順調でした。

入社から8年程経った時、アパレル業界に勤めていた夫が独立する計画が浮上して、保険会社を退社して手伝うことにしました。しかしちょうどそのタイミングで夫が勤めていた会社が倒産して、社長も倒れて抜けられなくなります。さまざまなアクシデントを経て私は夫の判断に物事を委ねられなくなってついに無職で離婚に至ります。人生一度目のリセットです。慰謝料は要らないからと言ったら、こっちが貰いたい位だと言われました。確かに言い出したのは、私ですから。45才でした。そこからデパートのマネキンを経て保険会社に再入社して、現在に至ります。65年も生きているので語りだしたらきりがありません。

さて、世の中は今とても生き辛いです。ハラスメントとかコンプライアンスとかが、執拗に問われる時代です。本文の中で私は私の受けたパワーハラスメントについて語っています。

パワハラと一口に言っても、怒鳴りつけるとかわかりやすいものもあれば、陰湿でわかりにくいものもあります。悲しいかなサッカーのオフサイドフラッグの様にジャッジしてくれる審判もいません。

だから私の中でも明確な答えは出ませんでした。ケースによって全然違うし、人の心の傷を計り知ることは不可能です。でもこういう事が起こっていることを共有できたら、もし身近に傷ついている人がいたら、寄り添う事はできるのかなと、思います。寄り添うってささやかみたいですけど、集まったらすごい力になると思います。そしてこの本が、この混沌とした時代を自分らしく生きるのに少しでもお役に立てたなら、幸せに思います。

1 メリークリスマス2022

今更ですが、ずっと欲しくてどうしようかと迷っていたワードプロセッサーを買いました。以前アルバイトをしていた会社の片隅にあったので、こっそり小説書いたりしていました。

自慢できることでもありませんが、実はワープロを前にすると、創作意欲が湧きます。

自分へのクリスマスプレゼントのつもりで買いました。

60才で還暦を迎えた時に思いました。

これで人生一巡したから真っ新のスタートだって、ところがどっこい一巡目の最後には、これでもかと未だ経験したことのない試練が、待ち受けていました。娘の離婚、職場のパワハラ、もういなくなりたかった。自殺も考えました。でも私ごときが死んだところで、あっという間に忘れられるだけです。

それじゃあ成仏もできない。今思えばあの時死なないでよかった。時間はすべてを解決はしないけど少しずつ先の景色は変わってゆく。物事は前に進んではまた戻って永遠のループのように私の心をぐるぐるしていたけど、そのループもいつの間にかほどけていました。余計な荷物も下ろして私は身軽になりました。

友達は減りました。でも少数精鋭です。離婚した娘も自分に合った仕事についてちゃんと子供たちを養っています。離婚してこっちに来た時レンは小学2年のはなたれ小僧だったけど、今は中学2年です。

小2の時は、校庭のはじからはじまで競争して、ヒールで勝ったから、ばあば凄いと言っていたが、今は到底勝てません。レンは今、陸上部で短距離走っています。

時々思ったことを、書き留めているノートがあります。いろいろと思い悩んでいました。

人が心にもっている闇　抱えて生きている闇
拘りをひとつひとつ捨てたら自由になる。
この自由は拘ったはてにしかない
大事なのは正しい答えを出すことでは無く　世の中と自分の折り合いを
つけること

これは1年ちょっと前のメモです。
今なら折り合いなんてつけなくていいと思う。誰の為の人生でもないので、自分が
納得していたら、人がどう思うかなんて気にする必要もないと思います。
自分の人生だけは唯一自分の好きにしていいものなのです。

2 パワーハラスメント

２０１９年12月中国の武漢市で新型コロナウイルス感染症が発見されてから3年が経ちます。その前の年２０１８年1月に還暦を迎えた私はアップアップでした。会社というのは出世欲、自己顕示欲あらゆる欲の坩堝《るつぼ》で、ボーっとしていたら食い物にされてポイっと捨てられるのが落ちです。

私が59才の時、離婚した娘は、後継者育成制度という一見よさそうなシステムを利用して、私と働き始めました。今まで一人で担当していたお客様を二人で分けて今まで同じ担当基盤から、二人分の成績を捻出することは、至難の業でした。泥船に乗っている気分でした。それでも娘と働きだして2年が経っていました。そして私は既にアップアップなのにアップアップだからかボーっとしていました。いい年をして世の中にそんなに悪い人がいるなんて夢にも思わず。もうこれ以上食われたら死んじゃうよと言うタイミングでパワハラにあいました。

4月に着任した若い上司に、私は今の苦境を話し室長は丁寧に話を聞いて真摯に向き合う姿勢を装っていました。いくら上司といえども、会ったばかりの人にもう少し警戒心を持つべきでした。

本当に手の込んだパワハラが始まりました。と言うかこれがパワハラと言う認識すら持つのに、大分時間がかかりました。私の不満の矛先を、フォローしないリーダーに向けさせて、「口聞かないでいいですよもう」と言うのです。上司がこんな事言うなんて凄い違和感あるはずなのに、そんな事すら判断できない位、私は疲弊していました。そうしてリーダーと私が話をしない状況をしっかりつくった上で、リーダーの側について、私を見ておどけて笑ったあの顔は、忘れもしません。こうして私は孤立させられます。

グループのリーダーというのは、そのメンバーの長として、みんなに心をくばりフォローする立場の人です。自分の成績を頑張るよりもグループのメンバーができるとその見返りも大きいのです。

彼女はいろんな事をはき違えていました。室長はこのリーダーにこれ見よがしに猫なで声で接するので、他のメンバーは、リーダーの事が好きなんじゃないかとまで言っていました。グループに新人が入っても、室長とリーダーの間でどんな話し合いがされているのか知りませんが、私の事は完全無視です。

私のみならず、唯一私に寄り添ってくれた杏子さんにも、挨拶すらしません。この状況下では室長にとって私の心はコントロール自在です。嫉妬心を煽り怒りとか憎悪とかあふれ出してくる感情に悲鳴をあげている私を見るのがこの男にはこの上ない楽しみのようでした。見事なまでの善人面で。

そんな中、娘にうつ症状が出て休みが続いても、室長もリーダーも気にも留めません。

たまり兼ねて、抗議すれば、ナカムラさんは怖いと、室長とリーダーともう一人で談合です。主幹も「今朝ナカムラさんと何話していたの？　怖くないの？」と言われ個室につれていかれたら、室長とリーダーが、ナカムラさんがむきになるから怖いと笑っていたみたいです。そして室長は私の事も時々呼び出して、うつになった知人の話などをするのです。なぜそんな事私に話すのか意味不明の話です。ボイスレコーダーも買って録音してやろうと思っても、唐突におとずれるタイミングに勇気を持って録音することもできませんでした。一見いい人だから、だれも気づかない。そして営業部の中でも一番長いつきあいの、リーダーもそちら側と言うのが、私の悲嘆を大きくしました。室長は人の気持ちの動きに即座に気づく人なので、すべては計算のもとに、弱っている人をいたぶって突き落としてやろうと思っていたと思います。

そんな事が2年近く続きました。もちろん本社の相談窓口にも訴えました。業務部長とも、営業部長とも話しました。明らかに上司という立場を使った嫌がらせこれこそパワハラなのに、想定内のような対応で「でも室長は仕事できるでしょ」ってどういうことですか。そんな話をしてないです。

仕事ができればなにをされても我慢しろという事でしょうか。一人位の犠牲者が出るのは想定内みたいな態度です。

私は両足を沼に取られて身動きできなかった。死にたいとマジで思いました。この男がなぜこんなに守られているのか不可思議でした。誰も彼もが、私の話を、軽くかわして何事もなかったように収めようとする。一人だけ杏子さんは、その異常な感じに気づいてくれていました。なかなか気づけないことです。

気づいていても知らん顔していたほうが楽ですし。でも杏子さんは一人でも私に寄り添ってくれました。救いでした。

殺伐とした世の中もコロナ禍で少し変わりました。今まで見て見ぬふりをしてきたコンプライアンスとかハラスメントとか当然の事が問われているのですが、たとえば女同士でスタイルいいねって言って肩に手をかけて二次会誘ったらセクハラですか。スタイルいいねって言われたら、ありがとうでしょう。肩を組まれるのがいやだったらやめてと言えばいいと思いますが、いかがでしょうか。

もっと重大な悪意ある行為は、会社の都合、上司の都合で隠蔽されているのです。

最近思うのですが、あの室長は自身でもパワハラを受けて精神崩壊して、労災なのかなって。だからみんなまともに取り合わなかったのかなって。だとしたら、せめてもう少し心が癒えてから、営業現場に復帰させてください。私が死んでいたら二次災害です。私に今があるのは寄り添ってくれた杏子さんと、身体をメンテナンスしてくれたミチコさんと推しのおかげです。一部の人とは今も口聞いてないし、そこだけ朽ち落ちた感じです。2年前にもう限界を感じて強攻に出て異例の事ですがこのグループから外してもらい、同じ営業部の中ですが、室も変えてもらいました。だから今この室長は直属の上司ではなくなり、かかわる必要も無くなりました。普通だったら営業部の長である部長が中に入ってリーダーと私に話をさせるじゃないですか。私とリーダーが直接話をすることは最後まで回避されていました。いまさら話す気もありませんが、たぶん、話したら室長が何をしたのかわかってしまうからだと思います。

3 ミチコさんの事

いろいろと辛い事が続いて1年位経った2020年秋頃、ミチコさんに声を掛けられました。

ミチコさんは私のお客様です。1年に1、2回お会いします。私より確か7才位年上で、今でもダンス教室で教えている、小柄だけど弾丸のようにエネルギッシュな方です。ずーっとダンスと整体をされていましたが、もう仕事量を減らしたいからと、整体のお店は何年か前に畳まれました。今はダンスと身内のほっとけない人の整体のみしているみたいです。

そのミチコさんは私が執拗なパワハラで苦しんでいる時「あなた大丈夫？」と声を

かけてくれました。

ほっとけなかったのでしょうね。私はごく普通に仕事しているつもりだったので、びっくりしました。私の不調具合、全部見えていたみたいです。今日夕方時間とれたらおいでと言われ身体のメンテをしてくれるのだろうと伺いました。まず「全部脱いで、あなたバレエやっていたから抵抗ないでしょ」と言われ違う種類のハラスメントかと思いました。でもあれだけきっぱり言われると脱いじゃいますよ。何枚か写メを撮られ、観念しました。ミチコさんは自信があるのです。お任せしてみようかなと思いました。

心が深く傷つき憎しみとかの負の感情に囚われていると、身体も蝕まれていきます。心をメンテナンスする方法もありますが、ミチコさん曰く身体が元気で、すっきりしてキレイになれば、そんなものは跳ね返せると。

そして月2回の整体が始まりました。1回1万円ミチコさんは安いと言いますが……。

最初のうちはいろいろ考えて固くなってしまう頭に終始しました。マッサージとか温熱療法とかリンパ流すのとか、今までいろんな事をしてきましたが、どれとも違います。考え方としては、長年生きてきて石灰化して柔軟性もなく硬くなった筋肉を、温めて、潤してタオルマッサージでほぐして、あるべき場所に戻す事で年月を重ねる前の身体に戻していくのです。本当にそんな事ができるのかって思いますよね。元通りにはなりません。だって何年生きていることか。それでもかれこれ3年、肌はしっとりしているし、顔色が良くなったので、ノーメイクでの行動範囲は広がりました。デコルテのごつごつはなくなり、ハンガーの様だった鎖骨もキレイです。張り出していた肋骨は内に入り体幹はほっそりしました。

私はバレエやっていたので、反り腰が治って腹筋がちゃんと使えるとか、自分の身体の変化には敏感ですが、そういう意識のない人は徐々に変わるから気が付かなかったりするみたいです。成果に気づかないのはミチコさんにとっては張り合い無い訳で、最初からその体形だと思っていると不満げでした。私の平熱は0・5度上がり低血圧も普通になりました。長年の右肘の痛みも取れ、肩こりもほとんど感じません。

最近若く見られる事も増えました。ミチコさんの言っていたとおり、変なもの寄せ付けない強くてキレイな身体になってきたのかもしれないです。ミチコさんとご縁があって良かったです。ミチコさんしかできないのです。ご自身の身体も気を付けて、これからもよろしくお願いします。

4 『チェリまほ』との出会い

2022年2月杏子さん家のまねをして、テレビを買い換えました。インターネットに接続して、いろんなコンテンツをテレビで見られます。配信サービスでも見られるようになりました。

そこで初めて『チェリまほ』に出会います。『チェリまほ』を初めて見た時、あの心の声に心を持っていかれました。こんなに相手を思いやる気持ちでいるのだって一言一言にびっくりです。予想を超えてきます。ラブコメとしても絶妙で、ドラマ何回見たことか。この作品がいわゆるBLと言われる分野になることも、のちのち知りました。『チェリまほTHE MOVIE』楽しみ過ぎて先が気になって、原作コミック7、8、9

巻読みました。安心しました。二人の恋が成熟していく様子が書かれていて、黒沢優一のちょっとぶっとんだ性格もそのままで、笑える位、安達清が好きです。

そうして期待に胸膨らませて映画を見に行きました。正直なにがあったのかと思いました。実際、同性愛って社会的には大変な事も沢山あってそんなに甘くないと思います。しかしもはやラブコメではないし、観念的な感じがしました。あくまで私の感じた事ですが、設定としての不自然さもあった感じですが、あれだけ惹かれあっていて九州転勤のまえになにもないのも不自然でした。安達は初めて人を愛することを知って、いろんな感情が芽生えるはずだし、黒沢はぶっとんでいて欲しかったなと思いました。要するに二人の愛情溢れるいちゃいちゃが見たかったです。

そんなこんなでＢＬを知りもっといろいろ知りたくなってＬＧＢＴＱの事も含めて、私の飽くなき研究が始まりました。私自身は男同士とか偏見がまったくありません。自由奔放なみずがめ座だからでしょうか。ただ男女の恋愛ドラマあの配信サービスのオリジナルの『First Love　初恋』みたいに20年もの人生追っているものは別として、あんまり見たいって思わないのにどうして今ＢＬなのでしょう。実際女優さんメインの恋愛ドラマって今少ないですよね。過去日本には男色は普通にあったようです。男娼《だんしょう》というのもあったようです。松坂桃李の『娼年』と違って買うのは男性です。キリスト教が入ってきてから男色は忌み嫌われるようになりました。キリスト教ではゲイはＮＧのようで意外でした。いろいろな歴史もあるなか昨今ＢＬは増えてきました。若手俳優の登竜門と言えば戦隊シリーズでしたが、今やそれプラスＢＬで人気出る人が多いです。『消えた初恋』の目黒蓮さんとか『チェリまほ』の赤楚衛二さんとかもそうですよね。ＢＬが受け入れられているとは言え、不自然なシチュエーションでキュン狙い過ぎなのは、さすがにちょっといただけません。イケメンがイチャイチャしていたら喜ぶと思ったら大間違いです。もちろん映像も見ますが私、原作読む人です。映像化すると短い時間の中に集約するのでニュアンスが違っていたりがっかりする事って多々あるのですが、『美しい彼』に関しては、原作とかなり設定変えているにもかかわらず、原作に近い表現にとても引き込まれました。大好きな凪良ゆう先生の作品です。監督酒井麻衣さんまだ20代ですよね。あの6話のドラマのなかで、展開早いのに細部にわたって表現が的確で、素敵でした。

5 凪良ゆう先生

私にとってBLを語るのに欠かせないのが、凪良先生です。余談ですが凪良先生は1月25日生まれみずがめ座A型ですって。私は1月24日生まれみずがめ座A型です。ただそれだけの事ですが、なにか相通じるところでもあったら嬉しいです。『美しい彼』はドラマ見たのが先か、原作読ませていただいたのが先だったか明確に覚えてないのが不思議です。手に入るものはすべて読んでいるからでしょうか。凪良先生の作品は男同士の恋愛という以外は、普通に小説です。ストーリー性もさることながら、情景とかも、説明なんてしてないのに、想像できちゃいます。登場人物の背景とか性格とかルックスもすんなり入ってきます。たとえば私の好きな『きみが好きだった』

の高良と諏訪と真山の違いを、制服の着こなし一つで見事に伝えるのです。これ感動でした。私は先生の作品は、届くとほぼ1日で読んでしまうので、1日かかっても大丈夫な日に読み始めます。後私が感動するのは、涙の種類です。涙っていろんな涙ありますよね。悲嘆の涙、うれし涙、感動の涙など、どの作品でもではないのですが、私は先生の作品でなんだろう心が洗われる涙を、何度か経験しまして、寝起きに涙したこととあります。

また『求愛前夜』という作品はコミカルで笑い死ぬかと思いました。ヤコ先生の人としての心意気もステキです。また厳ついのにかわいい貢藤とのコントラストも最高に面白かったです。

先日『美しい彼』の脚本書かれた坪田文先生との対談を読ませていただきました。お二人とも、BLと普通の小説を区別したくないと、おっしゃっていました。最近になって知ったのですが、BLはハッピーエンドじゃないといけないとか、いろいろルールがあるようです。確かに最後はハッピーエンドだと思うと安心できていたところはありますが、BLの括りじゃないリアリティの高いものも、読んでみたいです。

とにかく先生の作品に出てくる登場人物は魅力的な人が多くて、一人一人の生きざまが見えて応援したくなるし、身近にいるような気がしちゃいます。フィクションなのにね。

実のところ私、ＢＬに夢中になって読んでいる時にＢＬはファンタジーって聞いて、腑には落ちたのですが、なんか意気消沈してしまいました。そこは空想空間だよってことですよね。確かにファンタジー色濃いものもありますけど、もしかしたら、すぐ傍にあっても不思議じゃないって思いたいのです。

最近だと『ヤング・ロイヤルズ』これはスウェーデンの王室の実話と言われています。１日がかりで一気見しました。私は恋も初めてみたいな思春期のＢＬは尊い感じがして好きです。これは身分とか立場とかの障害があったのですが、「こんな気持ち知りたくなかった」と言うのがいいなと思いました。

私なんかどんな気持ちも経験済みなので。

話があちこちしてしまいましたが、私は作家さんでは圧倒的に凪良先生推しです。

でもひとくちにＢＬと言ってもホントにいろいろあります。コミック、ボイスコミック、とってもエロイのからホラー、まで。次はファンと推しについてお話をさせてください。

２０２３年新年を前に、たまたまみずがめ座の占いを耳にしました。開口一番みずがめ座さんお疲れさまーここ2、3年大変だったと思うと言われて、思わず全部聞きました。試練を与える土星がみずがめ座に鎮座していた様です。来年3月7日にはその土星が魚座に移るそうです。来年から最高の運気がくるらしいです。よかったです。明日はいよいよ２０２２年大晦日です。

6　2022年大晦日と2023年三が日

２０２２年大晦日は掃除も、おせち作りも順調でした。元旦に娘たちがくるくらいです。みんなでお正月気分を満喫できる位の支度はお手のものです。とはいえ毎年作るものは同じですけど、黒豆煮て田つくりと煮しめと、お雑煮の下ごしらえ、後は既製品ですがお餅には拘ります。

３時位にはひと段落したので、ぶらぶらと大晦日のショッピングモールに出かけました。大晦日の賑わいをよそに私の目的は仏壇の花と、美味しい日本酒と、カレンダーだけなので余裕です。トルコ桔梗をアレンジした素敵な花束といつもよりちょっと高価なお酒と、季節のブーケのカレンダー買いそろえて帰ろうと思ったのですが、年越しそばの天麩羅一人分揚げるのも面倒だなと思いました。スーパーの食料品売り場はもの凄い混雑です。せっかくの優雅な気分が台無しになるので、商店街に出てみました。そうだ、天井屋さんがあったと思って行ってみると、すいていると思ったら、本日は予約の受け取りのみと表示されていました。そうですよね今日すいていたら問題です。気を取り直して商店街を歩いていたら、肉やの店先でお惣菜売っていたので、かきあげ二つ買いました。一つって言えなかったです。

第73回NHK紅白歌合戦ですが今年はエンタメ色濃くて感動しました。K-popのアーティストも多数出演していたし、あまりテレビで見ない初登場のアーティストも多かったと思います。孫とチャットでブラボーだねってやりとりしていました。

初詣はマナとその友達と近くの氷川神社に行ってきました。毎年商売繁盛を願って神田明神にいくのだけど、ぶらっと行ける近くの神社もなかなかいいものです。

昨日の紅白の話ですが、藤井風さんの『死ぬのがいいわ』がよかったです。マナと私の趣味が一致するのは、藤井風さんです。二ヶ月程前、運転中ラジオから流れてきたんです。ラブソングの昔と今みたいな企画です。その一番新しいのが『死ぬのがいいわ』でした。その耳に残るリズムと衝撃的な歌詞に引き込まれて、動画配信で探して何度も聞きました。あの表現はもはや芸術の域です。橋本環奈さんの司会もクールで堂々としていて、良かったと思いました。一つ失敗したのはお酒美味しくてちょっとだけ飲み過ぎて、前半少し飛んでしまって、目が覚めたらPerfumeの『チョコレイト・ディスコ』でした。大好きなSnow Manの『ブラザービート』見逃しました。この間私が踊っていたら、マナが爆笑しながらスマホで動画とっていました。「踊れてるじゃん」と。「ばかにするなよ、ちなみに『Crazy F-R-E-S-H Beat』も踊れます。かなり変だけど」

そんなこんなで、初詣の後は中学生の恋バナ聞き出して、りんご飴とあんず飴ご馳走して、のどかないい時間でした。「ばばは食べないの?」と言うやりとりを聞いて飴屋のおねえさん「え〜お母さんかと思った」と新年早々ナイスフォローでした。

こう言うなにげないお世辞が人間関係を円滑にするのです。良い年が迎えられそうです。

7 箱根駅伝

新年にちゃんと7時位に起きるのは箱根駅伝を見るためです。もう20年位1月2日と3日のローテーションです。今年は驚くことばっかりでした。まずは1区で関東学生連合チームの新田君一人抜け出るところは、犬の散歩に行っていたので、見ていないのですが、帰ってきたらどういうこと？　もう独走？　この黄色のユニフォームはどこよと焦りました。関東学生連合って、そうかそういう考え方もあるよね。だって彼らはチームにはなっていても、個人だし、学校の名前背負っての連帯責任はないです。そしたら行けるところまで、つっこんでみるって気持ちも理解できる気がします。でも今まで1区で飛び出して最後までキープできた人ってあんまり居ないと思います。でも、新田君はどんどん差を広げていくし400メートル後続と離れた時はこのまま区間1位か？　凄いなと思いました。それでも鶴見中継所近くまで1位だから凄いです。中継所間近で追い越される時、新田君の顔が歪んだんです。「頑張れあと少し走り抜けて」と思いました。2区は中央大学の吉居君いい走りでした。どことなく俳優の佐藤健ににてました。後半駒澤大学の田澤君に追い越されて、青山学院大学の近藤君と併走しながら駒澤を追うんですけど、戸塚中継所前の攻防が凄かった。最後吉居君が田澤君を抜き返して、吉居君が1位で襷《たすき》、渡して、区間賞も吉居君でした。ゴールしてから青学の近藤君と中央の吉居君が抱き合って健闘を称えあっていたのが印象的でした。いろんなドラマがあって毎年感動させられています。今年はまだコロナもあって当日のエントリー変更も多かったみたいです。優勝候補と言われていた青学もなにかアクシデントがあったのでしょうね。往路で2分差の3位の時は、この位の差だったら復路で挽回するのだろうなと思っていました。ところが6区挽回どころかどんどん抜かれていくので青学推しの私は意気消沈でした。こんな言い方したら、走った子が気の毒ですよね。10人みんなのコンディションが揃うというのは、不可能なのかなと思います。それをチームでうまく補えあえた時に、結果が付いてくるのだと思います。うまく回らない時だってありますよね。むしろ巧くいかない時の方が多いのだと思います。人生と同じです。

そして駒澤の大八木監督優勝おめでとうございます。監督は今年で引退されるって本当でしょうか。私は同い年なんです。違う形で残られるとは思いますが、寂しいです。運営管理者から生徒さんに怒鳴るのも今年は少し優しくなられましたね。コンプライアンスとかハラスメントが過剰に問われる時代になってやりにくいと思います。私は男と女は違う生き物だと思っているので、「男だろ」は執拗でなければありだと思います。ちょっと昭和の匂いしますけど。「情熱に勝る能力なし」とおっしゃる監督の言葉にはその熱意がほとばしりでちゃうのだと、思います。暴力とか陰湿ないじめでなければ、大目に見る制度あったらいいなと思います。日常会話にも気を付けないと、いつ足元をすくわれるかわからないような生活じゃあ生きた心地もしません。

8 ファン活動

誰でもミュージシャンとか俳優とか「この人いいわ」という人の一人や二人はいますよね。私は中学生の頃、かのジュリーこと、沢田研二さんの事、狂ったように好きでした。今も俳優さんとしてもアーティストとしてもご活躍されていますよね。当時あの有名なドラマ『寺内貫太郎一家』にもポスターで出演されていました。毎回樹木希林さんがポスターをうっとり見つめて身をよじって、「ジュリー」と言う場面があるんです。希林さんは老婆の役でしたが、当時31才でした。老婆も身をよじるほど、ジュリーはセクシーでした。ジュリーはセクシー系アーティストの先駆者だと思います。ステージも何度も見に行きました。どんな手段で、あんないい席とったのかは、覚えてないけど、最前列で目があったと言っては、キャアキャア言っていました。このところ暫くというか大分長いことそういうのは無かったかも知れないです。好きな音楽はそれなりにいつもあったけど、本を読む事も無くなっていました。コロナで家にいる時間が圧倒的に増えて、自分がかなりのオタクだって思い知りました。家にいることも、苦じゃないんです。週に3冊位の本を読み、配信サービス見られるようにしたので、映画にドラマにとエンタメ三昧です。

そしてファンクラブと言うものに初めて入りました。ファンミーティングにも行きました。このエンタメ三昧が始まる少し前に『プロミス・シンデレラ』と言うドラマにドはまりしました。眞栄田郷敦君演じる片岡壱成君に魅せられて郷敦君のファンクラブにはいりました。そしてファンクラブミーティングに当選して意気揚々と出かけました。そしてファンクラブの会員になる位のファンは辛抱強くなければ、ならない事がよくわかりました。コロナ禍だからしょうがないけど、マスクしてのミーティングでおしゃべり禁止なうえにぎゅうぎゅう詰めです。ファンには忍耐が必要です。尽くすより尽くされるほうが好きな私には到底無理と判断して、ファンクラブはやめました。これからは、作品を観ることで応援していこうと思いました。

しかし、その舌の根も乾かないうちにあの『チェリまほ』の赤楚衛二君のファンクラブに入ってファンクラブグッズとか買っている訳です。はやり病ですね。赤楚君のファンクラブはアプリもあってチャットできたり、近況知れたり良かったのですが、頻繁にバージョンアップしないと不具合発生してしまいます。私の世代になるとそこまで自在にスマホ使えてないので、ストレスになってしまいます。でも今の世の中チケットとるのもスマホだしそのチケットもファンクラブ入ってないと取れなかったりと大変です。私たち世代が少し余裕ができて舞台とかコンサートとか観にいきたいと思うんです。なんとか日本のエンタメの為にもチケット取りやすくしてください。私もSnow Manのライブに行きたいです。聞くところによると、ファンクラブに自分だけじゃなくて、人の名義まで借りて入って申し込まないとチケット手に入らないらしいです。おかしいですよね。

昨今コンプライアンス、コンプライアンスとどなたが音頭取っているのか知りませんが、世の中の発展の為の交通整理であってほしいと思います。そして私はと言うと

『チェリまほ』の安達、『消えた初恋』の井田、『美しい彼』の清居とその演じた役が好きなんだと、判明しました。なんならこの三作ともBLなのでカップルで好きなことが判明しまして、もうファンクラブは本当に卒業しました。赤楚君は朝ドラ出ていたし、目黒君もひっぱりだこ、八木勇征君も『美しい彼』の演技が高く評価されて、海外でもいろんな賞を受賞されていますね。なんだか元カレが活躍しているみたいで鼻高々です。郷敦君も『エルピス―希望、あるいは災い―』とても良かったし、CMにも最近よく出ていて、一皮むけた感じでステキです。

9 推すということ

最近頻繁に聞く推しですが、『「推し」の科学　プロジェクション・サイエンスとは何か』久保（河合）南海子先生の本によりますと、ファンと言うのは、ただ、いいなと思う人で、推しはいいなと思うものに自分からアクションを起こすこと、すなわち推し活です。たとえば、同じようにＢＬを好きな人たちとの情報交換に参加するのもです。この方科学者なのですが、観察可能な事象から観察不可能な事象を推測する。これは好きを追及するにあたっての事ですが、科学の研究と類似しているそうです。プロジェクションからの異投射があって、初めて虚投射ができ、それが派生作品いわゆる二次創作で、学術論文の成り立ちと似ているようです。なんだかなしくなってしまいましたが、なにかを推すと言うことは、果てしない探求心を生み思わぬ広がりを見せていくという事でよろしいでしょうか。

　それからショッキングピンクの表紙に惹かれて図書館で借りた宇佐見りんさんの『推し、燃ゆ』これは若い子が推しの中に自身を投下してしまって自分自身を見失ってしまうという、かなり危うい今の若者が描かれていました。夢の持ちにくい世の中ですから、珍しい事でもないのかなと思います。推しの為ならなにかできても、自分の為には部屋を片付けることさえできない。この作品は芥川賞受賞されています。インパクトの強い作品でした。また推しが引退してしまった時の行き場をなくした心の表現も、秀逸でした。

　後推しにまつわるところで、桜井ユキさん主演の『だから私は推しました』見せていただきました。この主人公はリア充を気取って、おしゃれして同僚とハイソなところで食事をしたり、ＳＮＳを駆使してマウンティング合戦とかしています。そんな時、お付き合いしていた彼の転勤が決まります。てっきりプロポーズをされると思ったら、ＳＮＳに彼とのツーショット写真を頻繁にあげていた事を責められます。挙句にこんな事をする女はやめたほうがいいと、友達にも言われたから別れてくれと言われるところから始まります。どっちもどっちですよね。あまりのショックにうろたえていて、スマホを落とし、拾った人は地下アイドルの推し活している人だったので、そこに取りにいきます。そこで一番どんくさいアイドルの子に罵声を浴びせてしまうのですが、ほっておけなくなって推し活が始まります。最初は恥ずかしくて同僚たちに隠していますが、少しずつ変わっていきます。推し活によって彼女はどんどん生き生きとしてきて、横の繋がりもできて人生が変わっていきます。

推しがあると、毎日アンテナ張っているから、楽しいしどんどん興味が広がっていきます。ちなみに私はＢＬに傾き過ぎの調整と言ったら失礼かと思うのですが、『闇金ウシジマくん』を観ます。あのすべてを見通した無駄のない冷徹な目、決して人に媚びない迎合しないウシジマくんを見て心をニュートラルに戻します。

余談ですが配信サービスで何を観ようか検索していると、マッチ度って表示されるんです。先日驚異の99％っていうのがあって、それがあのアダムス・ファミリーの娘の『ウェンズデー』でした。これ『闇金ウシジマくん』全部見ているから、同じテイストなのだと思います。『ウェンズデー』最高でした。こうして次々と展開していきます。ウエンズデー役のジェナ・オルテガさん小柄ながら鋭い目力で頑ななまでに媚びないし、人と安易に同調しないのが小気味よく、恐怖に身体を強張らせながら見ていました。

10

BLとイケメンと私

どうしてBLにときめくのでしょう。一つは、相手にどう受け取られるか、わからないだけに、なかなか言えなかったりして、思いが募るせつなさですよね。BLは男性ファンもいますけど、圧倒的に女性が多いと思います。女性にとっては未知の世界です。男女の恋愛ドラマに比べると、客観的に見る事ができます。これちょっと悲しいというか、自分が小さい人間だなと思うのですが、推しのイケメンと美女の絡みは見たくないけど、イケメンとイケメンの絡みはOKな訳です。異次元だからです。推しのイケメンくんはゲイだったらいいのにって思ったことありますもん。小さい人間です。だからBLを好きって言うのと、性的マイノリティを理解する事とは少しニュアンスが違うかも知れないです。

とは言えそんなに論争するほど世の中にイケメンはいません。私の普段の活動時間に出くわすのは、ほぼおじいさまです。高齢化が進んでいるのは身をもって感じます。イケメンだのＢＬだのと、ほざいている場合ではないかとも思います。少子高齢化を懸念しなければなりません。ところが正月三が日は、普段見ない若いイケメンも、ちらほら見かけて、ほっとした次第です。

まだ私が若い頃に男ってバカだなと思っていました。だってちょっと若くてかわいい娘がいると、鼻の下のばしているから。でもこうして自分がおばさんの年齢になってみると、若さとか美しさって絶対的ですね。フランツ・カフカの『変身』だって若いとか年老いているとかではないけれど、巨大な虫になったら愛するわが子でも受け入れられないのですから。人が永遠のテーマの様に美しくありたいと努力を惜しまないのは、人に受け入れられる為でしょうか。

先日仕事帰りにショッピングモールの本屋に向かって歩いていました。金曜日の夕方だから解放感満載だったかもしれないです。歩いていると、高身長で色白のイケメンに軟派されました。もちろんそれは軟派であるはずもなく、ロマンス詐欺でもなくスマホの使用料金を安くしませんかというご提案でした。スマホの事は娘同伴じゃないとと思ったのですが、「今日は概略だけお話ししたい」と奥ゆかしい事を言うので、この美しいお兄さんの前に座りました。美しさに怖気づかないのがおばさんたるものです。そして見とれている私にこの美しい青年は、自分の美しさを弁《わきま》えた上で、文学青年かと思うほど、ナイスなアクセスをしてきます。

大体私、間口は広いのですが、自分自身もお客様と相対する仕事をしているので、ひっかかりを感じると、いっきに冷めてしまいます。たとえば、敬語がおかしいとか、興奮するとヤバイを連発するとかです。後、何々でよろしかったでしょうかと言うのがよくわかりません。どうしていったん過去にするのでしょう。結局のところ彼の提案はスマホ自体を変えるのではなくて、シムカードを差し替えて、通話料金とギガだけ変更するのですが、料金は4千円位安くなるし、ギリ私でも理解できたので、手続きをしました。お見事な軟派劇でした。帰りに「軟派されちゃいましたね」という文学青年はなかなかの人たらしです。

後日談ですがこの後アプリの設定変更とか、面倒な事が続出しました。娘はお母さんがイケメンにゆらぐからだと笑っていました。でもしょうがないです。

11 セールスレディー

これは現在の私のお仕事です。でも実はこの呼び方が嫌いです。年を重ねるほど、そのギャップと白々しさを感じるのは、私だけでしょうか。微妙にバブリーですよね。

声の出ない部長にささやくように脅されています。どうせなら、抱かれたい男1位に脅されたいです。

昨年4月から個人情報保護法も一段と厳しくなって、コンプライアンスが問われる時代になりました。私たちは常にお客様本意であることで、腹を括ってしまえば、むしろ正々堂々と仕事ができるので何の問題もないのです。でも振り向けば成果を期待する上司がいる訳です。成果をダイレクトに問われる事はありません。へたしたらパワハラになってしまうので。問われるのはプロセスです。雨垂れ石をも穿《うが》つと。しかしお客様サービスといえどもお客様の同意のないサービスは、もはやサービスではありません。お客様本位と、社内の評価本位の鬩《せめ》ぎあいです。そしてこのコロナ禍で思うように人に会えないのに絵にかいた餅のようなプロセスを求められます。長年営業をしているベテランの人たちはほとほと参っています。1＋1が必ずしも2ではないのが営業です。重箱の隅をつつくような事ばかりいわれていたらモチベーションは保てないし、インスピレーションも湧かなくなってしまいます。同じ方向を向いていて然るべき関係が反対に引っ張り合うという奇妙な状況が、常態化しています。

同行と言って法人先などに上司と行く事があります。車中仕事の事をあれこれ言われるのが面倒なので、私はよく芸能人の話とか音楽の話とかこの部長は文学にも精通しているので、そんなことをしゃべりまくっていました。今年になってからは話のネタも尽きてきたので、やけくそです。ちょっと昔の自慢話してみました。中学、高校とさして綺麗でもないのに、ファンクラブまである人気者だった事。この部長意外に聞き上手なので話は弾みます。2回に渡って自慢話は続き（これってもしかしたらなんかのハラスメントですかね）40代半ばまでどういう訳か引く手あまたでもてたこと。なにせ結局かなわなかったけど、「歌って踊れるセールスマン目指していましたから」で締めようとしたのです。そしたら部長がしみじみと「今はそういう交流もないからね」と言ったのです。確かにそうです。コロナに加えて、なにかに付けてハラスメントと言われる今、人と人の接触は回避されて世の中いつの間にか、無味無臭です。ジェンダーレスも進んで、化粧品も服も男女の垣根が無くなっていきます。これが平等ですか。そのうち感情を持つ事も許されなくなりそうですね。背徳感も嫉妬も憎悪も愛と表裏一体の感情であり唯一それを持つのが人間なのだと思います。根拠なく暴走する感情を正すのは、厳しいルールではなくて平和で愛に満ちた社会だと思いますが、この自分で自分の首を絞めるようなルールは、どこまでエスカレートしてしまうのでしょう。

12
美しい彼

一昨日から身に染みて寒いです。もうすぐ大寒ですから致し方ないです。テンションだだ下がりのなか、とっても嬉しい告知がありました。大好きな凪良先生のまたまた大好きな作品である『美しい彼』のシーズン2が2月7日から始まるそうです。ブラボーです。『劇場版 美しい彼～eternal～』が4月7日公開だからまだ随分あるなと思っていた矢先の告知で、嬉し過ぎて、楽しみ過ぎてどうしたらいいかわかりません。凪良先生もみずがめ座だから、今年は幕開けから素敵な展開ですね。

この『美しい彼』の平良一成と清居奏はBLの中でもあまり見ない組み合わせです。高校時代スクールカーストの最上位にいた清居と、吃音《きつおん》持ちでスクールカースト最下位でぱしりをさせられていた平良のカップルです。平良は美しくて自分にはない絶対性をもつ清居に魅せられて、一瞬で恋に落ちます。男とか女とかではなく清居奏は平良にとってはなににも勝る存在になっていきます。かといって自分にどうこうできる存在ではなく神のように崇めています。清居はと言うと、いつも自分を見ている男をキモい、ウザいと思いながらもその真意を知りたいと思います。もともと愛されたい願望の強い清居はその時点でもう恋をしていると思うのですが、清居が自身の気持ちに気づくのはもう少し先です。お互い引きあいながらも点と点のまま高校を卒業します。卒業式の後、校舎の裏で、清居が平良にぎこちないキスをして突き飛ばします。でも平良はそれをもうこれで追うなと言われたのだと理解します。平良はもう会う理由も無くなってしまったとあきらめようとしながら、高校の時ほど最悪でもないけれども、無味無臭な大学生活を送っています。清居は芸能事務所に入り売れないながらも、忙しくしています。あんなに自分の事をきれいだと見つめていた平良からはなんの連絡もなく痺れをきらして電話してみれば、番号も変わっている事に落胆します。そんな時清居の舞台の監督の弟が平良と付き合ってると聞いて、舞台に招待するように仕向けます。何年ぶりかの再会で清居は平良の視線に触れ、平良の思いが変わらないことを確信しますが、そこからが大変なんです。なにせ清居は甘えたい俺様だし、平良はと言えば清居の事、神の様に崇めていて自分に手が届く存在だと思ってないですから。やっかいを極めた二人ですが最後は「俺は神様じゃあねえ」という名台詞の果てにやっと二人は結ばれます。

そしてシーズン2は二人のあまーい同棲生活が始まると思います。それはそれでとっても楽しみですが、原作読むと平良にとっては身に余る幸せであると同時に神の采配間違いでこうなったのだからいつもとに戻されるかわからない恐怖と隣り合わせなのです。だから清居が甘えたい時も同じ目線に立つこと自体恐れ多くてできないと甘えさせてくれない訳です。でもこの感情が依存しない関係を築いていきます。少しずつ築かれていく二人の信頼関係と成長に感動の涙出ちゃいます。凪良作品の妙ですね。心洗われる涙である事間違いないです。

13

雑談

最近よく耳にする言葉ですが腐女子っていうのは何才までOKでしょう。私はBLが好きでとあれこれ説明するより、「腐女子でーす」って堂々と言えたらいいのですが、若干躊躇しちゃいます。女子ってところが。

凪良先生は去年8月発売の『汝、星のごとく』以来、書いてない時期があったのかこのところ新しいものは出てないと思います。そんなこんなでこのところ凪良難民な私は、この際にいろんな世界観に触れておこうと、雑誌で対談されていた山本文緒先生の『恋愛中毒』読ませていただきました。以前に『自転しながら公転する』を読ませていただいているのですが、対談の中で「あれは甘々だった」とおっしゃっていて、そんなに甘くないかと思っていたのですが、わかりました。『恋愛中毒』はポイズンです。依存し、もがきながら低きに流されていく水無月美雨さん。でも人間一歩踏み外したらそんなものかと思い、刺激的でした。凪良先生の描く世界とはまた違う世界観がありました。凪良先生の作品に出てくる人は親と縁が薄かったり、ネグレクトや性的虐待を受けていたりと、あまり家庭環境にめぐまれない子が多いです。自分のおかれた場所で依存せず、閉ざさずに生きて行きます。

『恋愛犯～LOVE HOLIC～』とは対極にあります。本の中には自分の体験できない出来事がいっぱいで、いろんな人生を垣間見られて素敵です。こんな話をしながらお酒呑める友がいたらいいなと思います。私の周りの人たちは下戸ばっかりなので。

話は変わりますが、少し前に『ユーミン万歳！～松任谷由実50周年記念ベストアルバム～』なるものを買いました。本当にあの日に帰ってしまいました。『中央フリーウェイ』『翳りゆく部屋』『ルージュの伝言』知らない人も多いかと思いますが、その昔、ジュークボックスなるものがありました。私が御茶ノ水の駅前の大きな喫茶店でバイトしていた時です。ユーミン、ハイ・ファイ・セット、スティーヴィー・ワンダー、因幡晃、後チークダンスの曲プロコル・ハルムの『青い影』、つのだ☆ひろの『メリー・ジェーン』とか入っていた記憶があります。懐かしい人は同世代ですね。一曲いくらだったか忘れましたが、そのころ時給が確か３６０円位でした。２００人位入る大きな店内に響き渡るので、よくみんな思っている人とシフト一緒になると、愛の告白みたいにかけていました。私若干19才の田舎者でした。そこのマネージャーが私の初恋でした。なにを見ても輝いていました。

今に戻ります。最近私はメイクアップする時は玉置浩二の『夏の終りのハーモニー』とか『ロマン』などのしっとりとした曲をかけて、ともすると乾いてしまう心をしっかり潤してから出かけます。朝から重いだろうというご意見も多々ある中、先日『美しい彼』の萩原利久君も玉置浩二を日常的に流しているとお聞きして、なるほどと嬉しかったです。心が叙情的に整う気がします。そんな玉置浩二ファンのことをCherryと呼ぶらしいです。

あーあ、たまには羽目外してお酒呑んで歌って踊りたいなあ。そんな日がまた来るのでしょうか。私たちがそうしていろんな事を欲しいままにしてきたつけが今回ってきているからね。地球の声に耳を澄まさないとね。早く寝ましょう。

14

BL愛

いろいろと書きたい事が連なってBLの事がないがしろになっていました。そうでもないですか？

もうあほと言われようが、きしょいと言われようが、かまいません。私はBLが大好きです。理由なんてわかりません。唯一ベータとかオメガとかはわかりませんが、純愛からエロいのまで好きです。なんなら男になって攻めてみたいと言ったら引かれますよね。何があったのって思いますよね。何もありません。

昨日NHKのドラマ10見ました。『大奥』初回でした。男と女逆転の大奥です。それ自体は無理があると思います。だってお子を産むのはとの一人、よりどりみどり男がいたところで、誰の子かわからなくなるだけです。世継ぎを身ごもる為の苦行みたいです。それより大奥勤めの男が大勢いると、男色起きるんですね。最近ＢＬ括りじゃなくてもそういうの増えていますよね。そんなこんなで、昨日は久々ＢＬ三昧しました。ヨネダコウ先生の『囀《さえず》る鳥は羽ばたかない』の7巻が届いていたので、読みかけの本を一旦保留にして読みました。エロいです。先生のエロいは高校生位の性欲まみれと違って大人の事情もあり男臭いです。そう言えば先生の作品に女の人出てくるの見たことないかも知れないです。『それでも、やさしい恋をする』も好きです。あの遊び人の出口晴海は3年も前から小野田良が好きなのに言えなくて飲み友達のままです。小野田んちに行きたい口実「おまえんちの金魚に餌やりたくなった」とか笑います。相手がノンケだと受け入れて貰えなければ友達ですらなくなっちゃうから慎重にもなりますよね。ちなみにノンケと言うのはゲイでもバイでもない異性愛者のことです。という事で昨晩は久々ＢＬ三昧でした。

そして今日『劇場版　美しい彼～eternal～』のポスターや動画が公開されて、もう胸が苦しいくらいに高揚して雲の上を歩いているようでした。いいことは重なるようで、昼に買ったコロッケといかフライはお兄さん50円割引してくれて、夕方取りに行った洋服の直し屋さんも2本で2500円と言っていたのに2000円にしてくれました。にこにこしているといい事ありますね。

そして新しいご報告と言う程でもないのですが、この書く作業をしている時、なにか気にならない音楽と思ってベートーベンとかショパンとかリストとかを流していました。まだまだにわかなのでよくわからないのですが、心地いいです。ベートーベンの『月光』リストの『愛の夢第三番』『ラ・カンパネラ』とかです。曲名覚えるのが難しいです。このラ・カンパネラは9人の弾き比べっていうのを見つけて聞いてみました。ほんと同じ曲なのに弾く人によって全然違って驚きでした。ただただ情熱的だったり、今時のイケメンタイプの人の演奏は手慣れた感じで都会的な感じでした。素人なので偉そうな事は言えませんが、最後9人目が辻井伸行さんでした。鳥肌立ちました。クラシックもいいですね。

私の今好きなもの　BL、GUCCI、Snow Man、King Gnu、藤井風、凪良ゆう、玉置浩二と俳優部門たくさんの元彼です。幸せなばかです。

15 ＢＬコミック

ＢＬと言えば圧倒的に多いのがコミックです。２次元だからいろんな表現が可能です。小説を読む事が原点の私には苦手分野でした。コミックの読解力に著しくかけています。今まで私の辞書にコミックはなかったので。それなのに今、家の納戸の本棚には全巻揃ったコミックがひしめいています。少女マンガですが『消えた初恋』『モアザンワーズ』『ポルノグラファー』『抱かれたい男1位に脅されています。』『25時、赤坂で』『囀る鳥は羽ばたかない』『さんかく窓の外側は夜』『光が死んだ夏』などまだまだあるから恐ろしいですね。それからボイスコミックも進化し続けています。『きみはマシェリ』は多分最初に見たものだと思います。大好きなボイスコミックです。社内随一のイケメン伊藤は新入社員のちょっとぽっちゃりでよく食べる河合君をからかって面白がっているうちに、好きになっちゃいます。

最初伊藤は、お前とどうこうなるつもりはないと、言っているのですが、触りたいと思う事が増えてきます。絵ですけど本当に伊藤はスパダリで、かなりの俺様ですが、声も素敵です。河合君も言われっぱなしじゃないのも面白くて、「この俺がお前がいいって言ってるんだから自信持て」って言われたら「さっきまで優しいなと思っていたけど今のでがっかり」とかやりとり可愛くて何度も見ちゃいます。

あと絵が綺麗でほんのりBLな『晴れのち四季部』もほっこりしていて好きです。帰国子女でクールな天然の一瀬大和と食いしん坊天然のお人よし野原日乃です。日乃が一瀬のつくった部活、四季部に付き合ってやると言うのが始まりですが、一瀬は付き合う意味を勘違いしています。二人とも天然なので、少しずれてかみ合っているのが可笑しくて笑います。周りにはお前ら部活といってデートしているだけだろうと言われますが、四季折々を楽しみながら当人たちは真摯に部活している訳です。声優のお二人の声も素敵で、古川慎さんと下野紘さんです。色彩豊かで、これ、ＢＬはちょっという人にも、是非見て欲しい作品です。最近のどかでほっこりしている感じの増えていますね。総じて絵が色彩豊かで綺麗です。もう一つブロマンスＢＬアニメで『虚無男』ってあるんです。この作品の不思議な空気感が好きです。なにか起こりそうで、ちょっとどきもするけど、なにも起こらない、同じ会社に勤務する4人の男性の日常です。仕事中の事だったり旅行に出かけたりと、ちょっとどきどきするシチュエーションはあるものの、何も起こりません。何もなくてほっとします。まったく変な深層心理ですが、もしかしたら、そのきわどさだけでいいのかも知れないです。進展しないからエンドレスです。もともとブロマンスというのは、恋愛ではないけれど友情に留まらない男同士の固い友情という意味のようです。くすっと笑いながら見ています。

『光が死んだ夏』これはホラーです。田舎町でいつも一緒だった幼馴染の光、死んだはずの光が戻ってくる。姿形は光だけど、それが光じゃない事に佳紀は気づきます。偽者でもいて欲しい自分の気持ちがなんなのかって思う佳紀です。ＢＬのにおいしますけど、これもＢＬでしょうか？　だとしたら究極のＢＬです。

16

自閉症

一概にBLといえども日々進化し多様化しています。だからBLを好きと言っても同じ傾向のものを好きっていう事は稀です。そういえばあのドラマ10の男女逆転『大奥』の原作は『きのう何食べた？』のよしながふみ先生でした。道理で男色もあり従来の時代劇とはテイストが違う気がしました。BLの括りなしでストーリーの中に、有り得ることとして男色がある時代になっていくのかなと、思っています。最近NHKが積極的に取り組んでいる気がします。そうはいっても一足飛びにはいかないのでしょう。そうなればLGBTQの問題も解決していきますね。

今読んでいる『囀る鳥は羽ばたかない』はもう大詰めです。これは極道のお話なので抗争があったりすると、登場人物多過ぎて誰が誰だかわからなくなります。それが私のコミック苦手な所以です。セリフも誰のセリフかわからなくなります。致命的にコミックの読解力に欠けています。これは私のせいではありません。子供の頃に漫画読むのを禁止されていたので免疫がありません。

私は幼少期に自閉症を患っていまして、幼稚園では一言も口を利かずに卒園しました。お遊戯会も棒立ちでした。砂遊びしている子たちを見ていてくだらないって思った記憶があります。おどおどする訳でも無く、感情は心の底に沈められたまま、微動だにしませんでした。小学校にあがっても私は閉じたままでした。その頃からずーっと療養中だった母と暮らし始めます。そして母は担任から私がしゃべらないことを聞いてびっくりしてしまいます。そして母が始めたのが、読み聞かせでした。初めて読んでくれたのが、『家なき子』でした。可哀そうだねって泣いたのを覚えています。それが私の読書の原点です。そこから世界名作文学と裕福でもないのに本だけは惜しまず与えてくれました。でも漫画は禁止でした。なんと推理小説もです。ＯＫなのは純文学のみです。それは母の変な拘りでした。

閉じたままの私を開けてくれたのは3年生の時の担任の蔦山先生でした。先生と巡り会わなければ私の人生まだまだこじれていたと思います。先生はいつも心の片隅で私を気にかけてくれていました。あの頃30才くらいだったと思います。私が鮮明に覚えているのは、ブルーのジャージの先生のおしりです。休み時間生徒たちと遊ぶ先生だったので、私はそのブルーのジャージのおしりについていくようになりました。なついてしまったんですね。心地いい優しさに私の心は次第に開いていきました。ただそれだけなのに私の人生にとって大きなターニングポイントです。

田舎にとりやっていうちょっとしたレストランがあって一度だけ先生に連れて行って貰いました。あの時食べたチキンライスの美味しかったこと今でも覚えています。その時代だって今ほどじゃなくてもえこひいきだとか誹謗中傷あったと思いますが、先生は物ともせず、教育者として一人の少女の心を掬ってくれました。幸いまわりに冷たくされることも無く私は心を開くことができました。

心を開いた私は授業中発表もできるようになり、読書の成果もあって、成績もあがって、5年生の時には放送部のアナウンサーをしていました。その時代には珍しく、その小学校にはどの教室にもテレビがあって、昼には校内放送もやっていました。私は、何でも喉元過ぎれば忘れてしまう薄情な人間のように言う人もいますが、忘れない事だってあるんです。なんだか話が大きくそれてしまいました。戻ります。『囀る鳥は羽ばたかない』の矢代は綺麗な男です。その美しさからか子供の頃から性的虐待を受けて育ちます。そのせいで、男色なしで居られない身体を逆手にとって、色仕掛けで男を落とすという変わった極道の若頭です。でも自分の部下には手を出さないというルールはあります。いっぽう百目鬼は10才程年下ですが、背が高く無口な男です。矢代とは逆に幼少期の経験から不能になってしまいました。暫く矢代の付き人をしています。百目鬼は美しい矢代の楯になろうとしますが、正直さが邪魔をしてなかなか役には立てません。矢代は百目鬼を組には入れずに捨てます。矢代にとっては愛ゆえなんですが。

そして4年後再会した時、百目鬼は堅気にはならずに違う組の組員になっていて極道らしくなっています。ということは同じ組の人間じゃないので付き合える状況になったんですけど、どうなるんだろう。8巻注文したので、早くこないかなと楽しみです。ＢＬだから幸せになりますよね。そういうことです。ハッピーエンドは必要ですねやっぱり。そして途中うすうす気が付いてはいたのですが、話の展開が凄まじかったですよね。亡くなった母に怒られそうです。ご容赦ください。

17
誕生日パーティー

　昨日は私の65才の誕生日でした。今年は娘の所でお呼ばれでした。凄い寒気に見舞われてこの冬一番の寒さでした。徒歩3分だから耐えられるものの遠かったら大変です。ちょっと遅れたら下の子レンが迎えに来ようとしてくれていて、危うくすれ違うとこでした。エレベーター開いたら鉢合わせでした。

　なんだかきらきらと飾り付けもしてくれていて、久しぶりにアットホームないい時間でした。レンは私の好きなハイボールのつくり方調べてくれたようです。バーテンダーみたいにクールにハイボールを作ってくれます。マナは今やプロダンサーです。激しいショーダンスをかぶりつきで見られます。まるでショーパブみたいでした。娘は支配人みたいな感じでホットプレートで肉巻き野菜焼きながら、レンにお酒作る指示します。レンはウイスキーどばどば入れたハイボールを次々作ってくれるので、すっかり酔っぱらってしまいました。レンは娘に「ばあば酔わせてどうするの？」って言われて、返す言葉も無くしていました。帰りは雨こそ降ってないものの冷たい風が、吹き荒れていて「ばあば、吹き飛ばされそうだから送ってく」っていってレンが送ってくれました。なんて幸せな事でしょう。65ちゃいになりました。

18 ヨシミさん

この所ちょっと決めなければならない事があって、気持ちが定まらなかった私は寝つきが悪かったり、睡眠が浅かったりしていたので、壊れかけのラジオみたいでした。そうなるといつも機関銃のように出てくる言葉もしどろもどろです。まずいです。崩壊の危機です。こんな時は安定感のヨシミさんに会いたくなります。ヨシミさんはもともとお客様ですが、波長があうので友達としてお付き合いさせていただいています。コロナ前には、尾道、岡山コース2泊3日で行きました。私より5才年下ですが、精神的には上みたいです。ヨシミさんと出かけると健脚なので歩く、歩く。一日2万歩とか、びっくりしちゃいます。最近気づいたのですが、ヨシミさんは道に迷っても立ち止まらない習性があります。だから必然的に歩数はふえます。ヨシミさんとは月1か2回お茶のみながら、いろんな話をしますが、抜群の安定感でほっとします。好きな本のジャンルも違うし、見たい映画も違うけど、逆に違っていて普通でいられるのが楽です。たまに意見が一致した時は「じゃあいつ行く」って事になり速攻いきます。もう7、8年の付き合いですがつかず離れずいい距離感です。今日は一時間半くらいポンコツ化した私とお付き合いいただいて私の心はあるべき場所に帰れました。

そんなこんなで、心が平たくなったので久々過去のBLドラマの動画流していたら、やっぱりいいです。何回も見ているのににんまりしてしまいます。ふつうドラマって同じの何回も見ないですよね。でもBLって何回も見るんですよ。大概のファンはそうです。動画配信でBL好きの腐男子moeto.君のチャンネル登録をしていますが、『チェリまほ』一億回見たって言っていました。それは冗談だとしてもそうなのです。何回も見ちゃうんですよ。台詞とか、ほとんど覚えちゃっているのですが、細かい所の気づきがあるのです。だからよく再生回数とか話に出てきますけど、一人の人が相当回見ていると思います。

19 『消えた初恋』

久しぶりに『消えた初恋』を見ています。やっぱりいいですね。このちょっと鈍感な井田君やっぱり好きだな。これは少女漫画だし、二人を応援する橋下さんという女の子も出てくるので、マナといっしょに見ていました。マナさん、これ巧くできているねって感心していました。家に来るとばあば、あれ見ようよって、言って。細かい気持ちの変化とか、青木君がときめいている様子が凄く可愛いです。原作読んだのですが、この作品はセリフの一つ一つまでほぼ原作どおりでした。原作に忠実な感じがしました。物語の始まりは青木君が好きな女子、橋下さんに借りた消しゴムにイダ君♡って書いてあるのを、井田君に見られます。橋下さんの奥ゆかしい気持ちを思うと本当のことが言えなくて、自分のだって井田にうそつく事から始まります。最初は橋下さんの応援しようとするんです。でも井田は青木が好きなのは自分だと思っているから青木のこと一生懸命知ろうとしている訳です。青木は「振ってくれればいい」というのに、「俺、お前のことほっとけない。もう少し返事待ってくれ」って井田は真剣に考えるんです。

青木は井田の誠実さにだんだん惹かれていって自分が井田を好きになってしまったことを自覚します。

橋下さんに申し訳なくって、俺も同じ人を好きみたいだから、橋下さんを応援できないって告白するのですが、橋下さんが好きなのは、イダ君じゃなくてアイダ君だって判明します。青木は「俺が井田のこと好きってヤバイでしょ」っていうけれど、橋下さんは「そんなことないよ。その気持ちは大事にしないと、なかったことにしちゃだめだよ」ってこれ一つ目のキーワードです。二つ目は青木の親友のアイダ君の言葉「お前が誰を好きだろうが青木は青木だろ」。三つ目は紆余曲折の末やっと相思相愛になった二人がクリスマスのイルミネーションの中もうケーキなくて井田が食べかけのチョコレートを青木に食べさせます。青木は普通はもっとクリスマスっぽいもの用意するのにっていうと井田が「みんなと同じじゃなくてもいいだろ」っていうんです。いいですね~挿入歌『Secret Touch』も、どんな大人がこんな歌詞書けるんだろうと思いました。私のSnow Manへの入口でした。

ドラマはここでおしまいですが、コミックは続きがあって、学力差あるのに青木も頑張って京都の同じ大学を目指します。鈍感だった井田は急成長して、青木とちょっと気持ちがすれ違うと寂しくなったり、嫉妬したりします。夏祭りでのキスは井田からで、二回連続でして、青木に「最初は一回だろう」って怒られて「そうなのか?」って笑っちゃいました。卒業の時、タイムカプセルにあの誤解の始まりの消しゴムを入れます。井田は教育学部、青木は農学部でめでたく同じ大学に合格して京都に行きます。

井田はルームシェアしたかったけど、ちょうどいい物件が見つからなくて、お隣さんで部屋を借ります。

そして、何か月後かアイダ君と橋下さんが遊びにきて、ピンポンしたら青木の部屋から井田が出てきます。フィクションだとわかっていますが幸せになって欲しい。私は自分の気持ちが何目線なのか、わかりません。ドラマで二人の横浜デートあるのですけど桜木町からみなとみらいまでのYOKOHAMA AIR CABINにマナと行ってきました。あっという間でしたけど井田と青木みたいに恋人繋ぎで写メとりました。あの場面が目に浮かびました。

その後、小雨の中、山下公園で見た大道芸人凄かった。あんなにアクロバティックな芸で身を立てるということは、体を張って生きているって事です。野性的である意味、羨ましい生き方です。大学卒業して20年芸だけで食べてきたみたいです。いろんな人生がありますね。

20 世の中の事

昨年7月奈良市で安倍晋三氏が銃撃される事件が起きました。

山上容疑者は、銃撃の理由を自身の母親が多額の献金をしていた、旧統一教会への恨みだと言う。政治信条への恨みではないと。正直よくわからなかった。この人はとんだお門違いをしてしまったのかと思いました。その後この旧統一教会と政治が随分昔から深いかかわりがあることが、次々とわかってきました。世の中は私たちの知り得ない所で動いているのだなと思いました。この事件がなかったら知ることもなかった訳で、この事件以来暫くニュースを見ることもばかばかしくなりました。彼を英雄化するのも少し違うかと思うのですが、そんな心情も理解できます。

それにしてもこのところ不祥事続きです。東京五輪の運営業務をめぐる談合事件といい不祥事は次々と明るみに出て私たちを失望させます。教育の現場でも異変は起きていて、不登校の子供がかつてないくらい増えているようです。世の中は成熟して、そして腐敗が始まっているのでしょうか。

先日取引先の会長に久しぶりにお会いしました。この会長、ついこの間まで社長でした。私は入社当時からお世話になっているので、かれこれ18年のお付き合いです。2代目ですけど、先代から20人で引き継いだ会社が今は従業員数500人の安定企業です。この社長のアイデアからのロングヒット商品が会社を支えています。海外にも拠点がいくつかあるので、コロナ禍は大変なこともあったようです。息子さんに社長を譲られて今は会長となっておられます。スポーツマンで、直感力にすぐれた方です。お話もうまくて引き込まれているうちに、趣旨を外されて、けむに巻かれてしまいます。少し前にご病気されたので、「おげんきですか」とお声かけしたのですが、「元気ないよつまらない」っておっしゃるんです。まあ会長になられて会長室にじっとしているのがつまらないのかなと思ったのですが、そうではなくて「怒鳴れないから、つまらん」っておっしゃいます。昨今ハラスメントが問題になるからそうそう怒鳴れないと思いますが、ちょっと前まで会長は真っ赤になって怒鳴っていました。

会長のように熱くなる人は、それだけで、今は糾弾されてしまうのかと思いますが、そういうほとばしる熱意のない世の中もまた寂しい気がします。何年か前、私も凄い剣幕で怒鳴られました。でも怒鳴る時はご契約いただけますから、四つに組んだと思って逃げない事です。

会長は根はやさしいので、私が本当に成績なくて困って会長に冗談めかして「助けてくださ～い」と言った時、後で助けてやらないとって思ったのでしょうね。会長自ら会社にお電話くださった事がありました。私は出かけていたので、事務員さんからお電話いただいた旨聞くのですが、事務員さんからは「凄く変な人から電話あったけどナカムラさん大丈夫?」と言われ名前を聞いてびっくりしました。自ら電話なんて慣れない事で、そうとう横柄だったみたいです。名刺にある携帯電話にも何度か掛けたけど、繋がらないとおっしゃるので、見せていただいたら番号一か所間違えてかけていました。この際にちゃんと登録して会長の携帯番号ゲットしたかったのですが、「いいよ」と言われてしまいました。そうして助けていただいた事もあって、あの御恩は一生忘れません。捨てる神あれば拾う神ありです。その会長が今のご時世を嘆いていました。「今の若い人は、どう育てられたのか、ちょっとの事で折れてしまう」。みんながみんなそうじゃないとは思いますけどわかります。「もう日本国は終わりだ」。かなり共感します。

21 愛に動かされたい

65才になった私に先日行政から元気作りのご案内という、ダサいネーミングの封書が届きました。

今まで一生懸命生きてきた労をねぎらって、お祝いでもしてくれるのかと思いきや、何だと思いますか。自分の認知能力と運動能力をチェックしてできないことの多い人は返送しろって、どういうことですか。

いきなり失礼な話です。認知度高かったらできないと思います。これこそ日本人独特の心配によって駆動される文化です。私の場合は、まだ仕事もしているし、車も乗るし、近くに娘たちもいるので恵まれていると思います。でも本当に一人の人もいるし、これから増えてくると思います。本当に一人の人がこの機械的なチェックをやるのは、なんだか寒々しい気がします。だからもう少し愛とか希望とかに駆動されるしくみで、助けて欲しいなと思います。たとえば、65才になったら月一回、なんか手伝って欲しい事手伝ってもらえるとか。たとえば大きな買い物に車でいっしょに行ってくれるとか、部屋の模様替え手伝ってくれるとか、スマホでお店の予約フォローして貰うとか、中学生とか、高校生とか、ボランティアでやってくれたらいいな。世代間交流もできますね。そういう接触していたら認知機能の変化にも気づくことができると思います。老いる事がそんなに恐れなくていいことになったら素敵です。

たまたま見ていた報道番組で、海外の介護現場を選んだ日本人の27才の女性の報道を観ました。介護する側もされる側もハッピーな感じがしました。お給料も格段にいいので、日本の介護現場にありがちな悲壮感もありません。老い自体のとらえ方が違う気がしました。彼女は貯金してゆくゆくは日本に帰って介護ステーションを持ちたいとキラキラした目で話していました。夢を語れるって素敵ですね。

今、日本の資本主義は心配事に占拠されています。愛が圧倒的に枯渇しています。

最近縁あってホロスコープを気にして見ています。あのリーマン・ショックの時、冥王星が射手座からやぎ座に移っておおきな変動が起きたようです。そして15年やぎ座にいた冥王星がこの3月23日にみずがめ座に入ります。

破壊と再生が起きるようです。よくなる為の破壊と再生なので恐れる事はないようですが、自由奔放な風の時代は、どんな時代になるのでしょう。

22

2023年2月は、楽しみばかり

『囀る鳥は羽ばたかない』の8巻が、待っても待っても来ません。お買い物サイトのチャットで、怒り半分で「まだ来ないんですけど」と問い合わせてみました。珍しいんです。いつもは、おとなしく待っていますから。ちょっと粋がってみたのですが、なんと3月1日発売の予約販売でした。すっかり忘れていました。恥ずかしい限りです。

そして2月と言えば、あの『美しい彼』のシーズン2がいよいよ始まります。毎日SNSや、動画配信で平良と清居が、後何日ってカウントダウンして、日々想像をかきたてる動画が公開されます。もう楽しみ過ぎて息苦しいです。7日までに呼吸を止めないよう平らかに生きてみます。やはり私の中でBLと言えば『美しい彼』です。その見事なストーリー性と登場する人物も多いのに一人一人の人間性まで、二人とのかかわりを通して描かれています。だから3次元にするのも大変だと思います。たとえば平良の写真の師匠になる野口大海さん一人取ってみても、カメラマンですから人の本質を見抜くのはお手のもので、平良の心の内の自信もお見通しです。平良と清居の関係性に気が付いてからはけっこう面白がって見ているのですが、平良が清居の事になると高ぶって語るので野口さんの所では、清居の話は禁止されてしまいます。売れっ子カメラマンなので呑みの付き合いも多くて、ぐでんぐでんになったら、平良がベッドまで運んで放り出し、よく朝は味噌汁を作らされます。という感じで、野口さんは30代半ばのモデル並みのイケメンのようです。機会があれば野口さんのスピンオフもみたいなと思います。

それから同日公開の『エゴイスト』です。なんかBLではない匂い半端なかったので、先週末原作を買って、読んでみました。高山真さんの原作です。高山さんは2020年に亡くなっていますが、これはご自身のお話でドキュメンタリーです。最後のほうはもう涙止まらなくて、辛過ぎました。BLがハッピーエンドな理由が少しわかった気がしました。だから今映画見るのはどうしようかなと、思案中です。

映像でリアルになるのがちょっと怖いです。

また、2月24日から舞台観そびれた中村倫也さんの『ルードヴィヒ～Beethoven The Piano～』も映画公開されます。中村倫也さんは初登場ですが実は、朝ドラ『半分、青い。』に出てらした時からファンです。『半分、青い。』の時にあの飄々《ひょうひょう》としたキャラクターに釘付けになり、この人は誰と調べまくりました。『凪のお暇』『珈琲いかがでしょう』など、最近では『石子と羽男―そんなコトで訴えます？―』も見ました。息の長ーいファンです。でもただでさえ移り気とか熱しやすく冷めやすいみたいに言われている昨今の私なので、ちょっと隠していました。だいたい私の推しは一点集中型では無く拡張型のようで、わらしべ長者さながらに各方面に広がっていきます。もはやこれは、推しとは言わないのでしょうか。推しということでよろしくお願いします。

23 立春

今週は久々の土日に一つも仕事が入ってない完全なお休みです。昨日久々新人さんが入社して、初めての営業部出社でした。西野さん38才。小柄で人懐っこい感じです。この仕事は昔から同僚誘致といって、私たちが知り合いに声かけて、お仕事いっしょにしませんかと誘います。私自身は同僚誘致ではなく求人広告で、営業のアシスタントだと思って入りました。私も随分といろんな人を採用して苦楽を共にしてきました。その中で一番長くて今もいる人とは挨拶すらしません。私の中であの件以来朽ち落ちた部分です。それはともかく西野さんの事可愛いなと思ったのを、一瞬で見抜かれたようで、やたら懐かれてる気がします。この西野さん人懐っこくて、少々どじな自分をさらして、人の懐にちゃっかり入りこんでいる感じが、若かりし頃の私に似ているかも知れないです。自己紹介では人を笑わす事と食べる事が好きと言っていました。まだ研修中なので月一で営業部に出社です。ぐいぐいこられそうなので、一旦今日だけでよかったです。そうして新しい人が入ると波動が変わるというか活性化されるのは確かです。とはいえ私は正直この仕事に限界を感じています。今のスタンスで行ったら、もう早かれ遅かれ終息になる気がします。幸い年金も貰える年になったので、もしかしたら終わりにしても、最低限の生活はできるのかなと思います。お金になるならないよりも、今まで自分がやりたくてもできなかったことを、したいなと思う今日この頃です。

今日は久々ちょっと出かけようかと思っています。このところ仕事でも入ってない限り、休みは化粧もしないで、ジャージでした。ジャージの行動範囲は日々広がってきています。ヤバいです。今日は電車乗るからちょっとお化粧しようかな。浦和まで行けばいろいろな商業施設もあるので大体ようは足ります。今日の目的は娘の誕生日プレゼントと、レンにあげるバレンタインチョコです。バレンタインまで百貨店に

ＧＵＣＣＩコーナーあるから買えないけど、ちょっと寄ってみよう。帰りには図書館寄って本借りよう。なにかあんまり理屈っぽくないのがいいな。久々の繁華街は凄い賑わいでした。コロナがそれほど恐れなくていいものになって来ているのだなと、感じました。

かつてデパートは誘惑だらけの所でした。でも私はもうあんまり欲しいものもないし、大丈夫と思っていました。しかし、物欲なんてそう簡単に払拭できるものではないですね。生きている証ですかね。まずＧＵＣＣＩに行って前にちょっと、気になっていたリングをみます。ダブルＧ・マザー・オブ・パールリングのカラーピンク、これがかわいいんです。私の今年のラッキーカラーのベビーピンクです。５万３９００円です。もしかしたら年金で生きていこうとしている人には、高価過ぎます。とりあえず踏みとどまりました。

ユナイテッドアローズではライトブルーのショート丈のダウン、30％オフでした。仕立てもいいし差し色で綺麗と思ったけど、「毎日ジャージなのにいつきるねん」と、踏みとどまりました。そして二つの、難関をクリアしてロクシタンで娘の誕生日プレゼントは、お茶の香りのハンドクリームとミストの、組み合わせにしました。店員さんがご自身のものもご覧になりますか？　と聞いてくださるので、ネロリのオードトワレにしました。気分転換にとてもいい香りでした。柑橘系ですが、ホットする香りです。山本文緒先生の小説『アカペラ』に収録の『ネロリ』はこのことですかね。そしてコーヒー豆入れるポットとレンのバレンタインチョコはぶたのかわいいのにしました。

帰りは図書館よって、井上荒野さんの『百合中毒』と宇佐見りんさんの『かか』借りてきました。それから仏壇の花を買って信号待ちしていたら、バレエいっしょにやっていた涼子さんにばったりあって、なんや、かんやと30分も立ち話してしまいました。涼子さんとばったりあうのは2回目なので、連絡先を交換しときました。以上なんでもない日常ですが、戻ってきた日常が、感慨深い、いい日でした。

話は飛びますが最近こうして書くことをしているので、Snow Manのダンス動画見て踊ることを怠っていました。昨日久しぶりに見たら、『Movin' up』最高でした。カッコイイです。今までなかったタイプの踊りです。このところ『美しい彼』のシーズン2に、心を奪われていまして、すみませんでした。って誰に謝っているのか意味不明ですが、広い視野を持たなくては、あれもこれもは推せません。今回ラウール君良かったです。ひとまわり大きくなっていますよね。迫力あって緩急絶妙で見ごたえありました。ダンスセンス抜群でした。これはコピー難しいです。って思うのは、いずれコピーしたいと言う事です。

24

『美しい彼』シーズン2

待ちに待った『美しい彼』シーズン2が始まりました。原作からどのエピソードがくるのだろうとわくわくしていました。4話で終わって劇場版に繋がっていくので、すぐ終わってしまうと思うと、既に寂しくなっちゃいます。デートしているのに、清居に先立たれた時を思って、落ち込む平良の気持ちと同じです。1話、清居の嫉妬とか、かわいさ満載でした。こいつは俺の男だと見せびらかしたくて、イケメンバージョンの平良をパーティー連れてったのに、誰かに取られそうになると、耐えられない。そして、清居に「惚れ直した」とか、「今日はするからな」とか言われて思わず顔が緩む平良もかわいくてにやけてしまいます。すかさず脛《すね》をけられたり、叩かれたりしているけど。この作品はラブコメじゃないのに、こんなに可笑しいのは、バカップルだからですね。凪良先生の作品で『おやすみなさい、また明日』では、告美さんが年老いて亡くなるところまで、書かれています。出版社の担当者からはBLだからここまで要らないでしょう、と言われたようですが、記憶障害のあるお相手の朔太郎さんが告美さんなき後、記憶の奥のほうに告美さんをとどめている様子が、感慨深かったです。

『美しい彼』もせめて500話位お願いしたいです。それでもまだ32才位ですよね。原作ではこの『憎らしい彼』の次が『悩ましい彼』で平良もカメラマンデビューして個展を目指し、清居は壮絶な役作りの為の増量を経て、舞台を成功させます。20kgも増量したので、清居はその姿を平良に見せたくなくて、舞台の稽古が始まって暫くしてから別居します。こういうところが清居は乙女です。付き合いだしてから、初めて離れて暮らしてお互いに思いを募らせます。舞台を成功させて、減量も終え、晴れて、別居を解消して二人が手を繋いで馬鹿とごめんとキスで、感動のラストですが、先生は次も考えていらっしゃるようです。でもこれから先、平良の才能が開花したら二人の関係性はどうなるのでしょう。心配です。そして昨日海外の方がこの『美しい彼』シーズン2を視聴する動画を見ました。30才位の女性です。期待にキラキラしていて彼女が、リアクションする所は私なんかと、同じでした。さすがに「今日はするからな」はわからなかったみたいです。なにをするんだろうと?マーク見えました。でもこのじれったい感じって日本人独特のものかなと思っていたので、意外でした。海外の方ともこのときめきを共有できるなんて、嬉しい限りです。終わることを考えると死にたくなります。清居がかわいくて死にたくなる平良と、同じです。一種の病気ですね。

25
変態の星

久々ワープロを開きました。先日仕事で出入りさせていただいている私立高校にちょっとお手続きがあって、伺いました。コロナ以降アポイントが無いとむやみに伺えないので、営業は困難を極めます。お手続きが終わって玄関を出たところで、懐かしい人と遭遇しました。真山先生です。コロナ前には私は先生と、タッグを組んで合コンを開催したりしていました。真山先生は三人のお子さんのいる既婚者です。先生が合コンをやるのは、身の回りの未婚の先生たちの出逢いのサポートをしたいのと、ご自身が家庭人という立場から離れて外気に触れる為でもありました。私は若い人たちの生態に触れるのも興味深く、遠い未来でも仕事に繋がればいいなぁと思っていました。ところがこれが回を重ねる事に、仕切りはうまくなっていくのですが、同じメンバーじゃあつまらないとか、いろいろと課題も出てきて、数限りある人間関係では難しくなってきます。ジョークですが、システム化して会社作ろうかなんて話もしていました。ちょっとギブアップ状態が続いていて、コロナに突入してしまいました。真山先生もいろいろと辛い時期があったみたいでしたが、「お久しぶりです」と、私に声かけてくれた顔は以前のように穏やかで、40才になられたとのことですが所帯じみないさわやかイケメンです。真山先生はジャニーズと言ってもいいくらいの雰囲気と、高身長ですが気取ったところが一切なく、自分のことイケてるとか微塵も思っていないと思います。

最近ゲッターズ飯田の占いにはまっているらしく、「ナカムラさんのも見てあげるよ」と言うので見てもらいました。私の分類は金の時計座39らしいです。先生はその場で、少し読んでくれました。常識に囚われない自由人とか、芸術家の星とか凄いですねって、差し障りなさそうなところだけ読んで、後はコピーしてくれました。誰しも行き詰まると、自分が何処にいるのか確認したくなりますよね。結局長居してしまいました。

以前から真山先生とはたまーに、スピリチュアルな話をしたりしていましたが、ナチュラルで年齢差を忘れてお話しできる貴重な人です。もうすぐ卒業式です。卒業生を送り出す時に、人生の時間の話をすると言っていました。君たちはまだ、夜明け前の5時位だって、ちなみに先生は真昼間で、私は夕方6時位だそうです。私にもまだ長い夜があって、よかったです。大人の時間じゃないですか。占いのコピーしていただいたのを、後で見てみたら、変態の星とか自分では普通に生きていると思っていても周囲から変わっているねと言われる事が多い人など、真山先生言いにくいところは飛ばして読んでくれていたんですね。でも変態の星と言うのが私の心に刺さりました。そういう事だったのか、私は変態だったんだと納得したら久々書きたくなりました。

今週火曜日に『美しい彼』シーズン2が最終回を迎えてしまいました。映画まで1か月以上あるのに、配信サービスのシーズン1ももう配信終わってしまったし、見逃し配信も一週間で終わりです。これ作戦ですか？　期待に胸膨らませる日々を送らせるってことですか。どうしたらいいか途方に暮れます。

気を取り直して4話を語ってみたいと思います。原作とはかなり違う平良と清居でした。まず清居が子供みたいに拗ねていたらこいつとの距離は縮まらないと、平良の気持ちに歩み寄る所。原作では清居は俺様というか、素直になれない乙女だからなかなかそこまで大人になれないし、お前が好きっていうのもそんなに口に出して言ってなかったと、思います。平良はというとカメラマンの野口さんの所でアシスタントのバイトはするものの、最初はさほどの野望も無く、野口さんにいじり回されるところも面白くて清居はどうも平良が野口さんにかわいがられている様子に、お前狙われているんじゃないかと嫉妬したりします。かなりゆっくり微妙にすれ違う日常が描かれています。シーズン1で清居がコンクールに落ちて、特別な存在で無くなった時、みんなが離れて行っても平良だけは、清居の傍で身を挺して清居を守ったように、平良は何があっても清居を守ります。それが信頼を築いていくから、すれ違う気持ちもそれはそれで許容できるように、なっていきます。でも2次元と3次元の違いですね。同じ目線に立てるように二人が歩み寄るほうが、わかりやすいし、ドラマチックです。短いスパンの中に大事な表現が、ぎゅっと詰まっていてそれはそれで素敵な展開でした。後、濡れ場は原作では要所、要所で、結構濃厚なものがあってこれ実写ではどうするのだろうと、余計な心配をしておりましたが、そこもお見事でした。普段の距離感近いし、清居の嫉妬からもちゃんと垣間見られました。「今日もするからな」と平良の「えっ今日もいいの？」はつぼりました。何度見ても笑います。バレンタインのシーンのラストのキスには不覚にも心を持っていかれてしまいました。なにせ変態の星ですから。なにか問題でも。

26 SNS

ＳＮＳって本当に便利です。好きなミュージック動画も、ボイスコミックもちょっと検索すれば出てくる。凄いスピードで情報が降ってきます。でも、ＳＮＳで好きを共有することを、止めてみました。

たとえばＢＬドラマを同時視聴しながら、チャットとかです。私のスキルが低いのかも知れないですが、むしろいろんな事をシャットアウトして一人でみたいと言うのは、変態でしょうか。当初ＢＬファンの動画配信をフォローしたり、コメントしたりしていましたが、人それぞれ意見は違うし見方もさまざまです。人の見解も無下にもできず気を使います。好きなものにおいては我儘でいたい訳です。これをオタクというのでしょうね。そういうの参加していると、いろんな情報も入ってくるのですが、BLと一口に言ってもさまざまな分野があって、情報過多になってしまいます。私は私のスタンスで好きを広げていきたいし、BL以外にも、ダンス動画とか、クラシックピアノとか、寄り道し放題でいきたいので、一人旅が、最適です。人とのやり取りに重きをおく人もいますけど、これが私のスタンスです。

SNSでの発信は家の老犬mahuo39のアカウントだけです。犬以外もフォローはしています。情報で『劇場版美しい彼～eternal～』の完成報告アンド先行上映イベントに応募しました。どうかあたりますように。そして予告編ですが、気になるとこ満載でした。

秘密が増えてくってどういうことですか。後、お前変わったって何？　平良は変わらないでしょう。気になりまくりです。制作の人たちの思うつぼな私です。

27

口論

いろいろありましたが、65才子供たちの心配もなくなった今、もっと心のままに生きてもいいいんじゃないかと思いまして、4月いっぱいで退社する方向で、着々と既成事実を積み上げているのですが、今月20日で転勤するうすっぺらい上司と衝突することと頻りです。論点はお客様本位か部長本位かというところです。私は長い間お世話になったお客様に少しでも、納得いただける引き継ぎをしたいのです。それなのに、この男は後10日程でいなくなるのに、何の欲でしょう。契約を他の部所に渡したくないようです。この男の人事査定にどんな項目があるのか私には知る由もないが、私の退職日とて2月初旬に言って3月末と希望したにも、かかわらず、俺たちの査定だからと4月末にさせられました。私たちはまるで俺たちのこまです。大体調子のいいことを言って、考えているのは自分のことだけです。すっかりやる気も失せて、死体同然になっても呼吸があれば何かを絞り出そうとします。この部長はパワハラをした人ではなくて、隠蔽した人です。

そして今日の朝礼のお客様本位研修は楽しみにしていました。今日はいいこと書いてありました。まさに私がされたことです。「集団で口を利かないとか、疎外して嫌がらせをするのもパワハラです云々」と、身につまされたのでしょうか。そんなこと気にも留めない男だと思うのですが、いつもはしつこい位繰り返すのに、冒頭の2行読んでおしまいといいました。それはないだろうと思って朝礼後「今日のお客様本位研修はちゃんとやって欲しかったな」といったら、すっとぼけているので、「以前私がされていたことだし今だに口利いてない人もいるんだから」といったら「ナカムラさんは口利くように、歩み寄る努力をしたんですか」と憎たらしい事言ってきた。ささくれむりやり引っ張ったみたいに痛い気持ちが蘇ってきた。「よくそんな事が言えますね」から勃発して久々怒りがこみ上げてきた。個室に呼ばれると「あれはナカムラさんの考え過ぎ」みたいな、おちょくった事を言い始めたので「いまさら、言ったって言わないの口論をしたところで、それを正しくジャッジできる人なんていないんですよ。私は私の心を操作されたことがこの上ない屈辱でした。それを私の勘違いだというのなら、蒸し返した所で古傷をえぐるだけの話です。あなたたちは誰一人として私の心に寄り添おうとはしなかったでしょ。みんななかった事にするのに必死で。私は凄く傷ついたんですよ死にたいくらい辛い日々だったんです。この室長はどうしてこんなに庇《かば》われるのかと思いましたよ。あの室長は一度壊れて労災ですか?」と言うと部長は固まった。図星だったようです。「もういいです。口論したところで何も変わらないし、おかげで私は本が書けたので良かったです」。言いたかった事は言い切りました。送別の色紙には、「この世の中は奇妙な形で慢心を諌《いさ》める」と書いておきました。

28
その後

『囀る鳥は羽ばたかない』の8巻がやっと届きました。でもなんかまた違う組の人も出て来て、私の理解不能な人たちがうごめいています。誰が誰だかわかりません。矢代は40になろうというのに、美しく、いまだにいろんな男を受け入れています。再会して、百目鬼はもうそういう相手は自分だけにさせようとするんですけど、百目鬼だけは拒むんです。矢代の場合、大事であればあるほど、そういう対象にできないってことですよね。どうでもいいわって思わないでくださいね。これねこの間カラーページがついていて、矢代さん綺麗でびっくりしました。肌の色も沸き立つように綺麗で色っぽいんです。絵ですけどね。素直になった矢代は見られるのでしょうか。

そしてBLドラマは『僕らのミクロな終末』とか『ジャックフロスト』も欠かさず見ていますが、何といっても『美しい彼』のシーズン2が終わってしまったロスは大きいです。BLって結ばれるところまでで終わるケース多いのに、この『美しい彼』に関しては二人が、ちゃんとわかりあえていないから、どこまででもいけそうです。まさにエターナルです。

3月6日発売のお気に入りの雑誌の限定版も予約しそびれてしまったので、何事もさておき朝一で行って、店頭に出す前の一冊だけ入荷していたのを、ゲットしました。この雑誌は読む所がいっぱいあって本とコミックの情報満載です。この雑誌情報で買った本、結構あります。さすがに凪良先生の特集の時は持ってないのは一冊くらいでした。私は自己啓発本とかうまく生きる為の本とかあまり興味がありません。不思議な事に自分が欲している本と出会うのは、俗に言う引き寄せでしょうか。今だから言えるのかも知れませんが、ありのままを生きればいいんじゃないかと、思います。いいことも悪いことも受け止めて。

14番目で触れた私の今、好きなものの好きな所

King Gnu

多様な音楽性は、ジャンルを超えていて一曲一曲にドラマがあります。井口理さんの力強い高音が醸す世界観が壮大です。ギターの常田大希さんの低音は都会的なニュアンスがあって好きです。『逆夢』はもう鳥肌止まりません。バイオリンなど弦楽器の音も絶妙にマッチしていて好きです。『Overflow』も好きです。

藤井風

愛に満ちたスピリチュアルな歌詞にとても癒されます。今の一番は『帰ろう』です。音楽性もさることながら、肩の力が抜けていて、すーと心に入ってきます。これでいい、私のままでいいって思えます。

玉置浩二

飽きないです。ずーっと聞いていられます。あの語るような声で、過去も含めて全部を抱きしめられている気持ちになります。凄い包容力です。

ＧＵＣＣＩ

常に遊び心をわすれないＧＵＣＣＩのテイストが好きです。大好きなａｄｉｄａｓとのコラボも感動でした。

ミスマッチをものともせずに着こなせる女になりたいし、そもそも買える女にならないと、お話になりません。

29
推してみて

何かを愛でる気持ちってすごく尊いと思います。『消えた初恋』で橋下さんが言った「その気持ち大事にしなきゃだめだよ」。そのとおりだと思います。今の世の中は大きな虚構の中に真実なんてほんのちょっとしか無いような気がします。その虚構が壊れた時どんな世界が待っているのでしょう。

コロナ後の世の中はどう変わるのでしょう。

人生は偶然の積み重ねのようで、どんな出来事も必然なのかもしれないです。

あの辛い2年がなければ、本当の友情を知ることも、推しに出会うことも無かったかも知れないです。

生きていると日々侭《まま》ならないことだらけです。その一つ一つが何かに気づく為の布石なのかも知れないです。コロナ禍を経験して、私たちの生活も常識も随分変わりました。自分と向き合う時間も増えて、自分の事もさることながら、物事の本質も透けて見える気がします。歪みを抱えた世の中は歪みを正す為に大きく変わって行くのではないでしょうか。そんな中ですが、私の推し活は、どんどん形を変えてしまうから、結局あなたの推しは何なの？　と問われると、説明に詰まってしまいます。

「説明できないけど好き」って強い。これ『美しい彼』からの引用です。

でも最初に『チェリまほ』に触れてその愛の大きさに心が振動したんです。そしてそこを推したら、世界が思わぬ勢いで広がっていきました。心が共鳴したものを、ちょっと推してみたら、いままで通りすがりでしかなかった景色からいろんな発見があるんです。試しに推してみてください。その対象が人でも創作物でも音楽でも、せめて心は愛で満たしておきたいじゃあないですか。

これからくるだろう世の中の変化に、右往左往しないで済むように。

推しはきっと思わぬところにあなたを連れて行ってくれますよ。

エピローグ

4月末に会社を辞めて、一ヶ月が経ちます。一ヶ月の間に18年分の感慨と感傷を反復しながら、ようやく過去にすることが出来た気がします。

いろんな人達の力を借りて、お仕事できてきたことに感謝するとともに接点が無くなった事、やっぱり寂しく思います。私はすっかり野性に帰って、この一ヶ月は働こうという考えもなく、今までの人生を振り返っておりました。ずっと休んでいると働きたくなるというのは嘘です。

そして一か月の間にはいろんなことがありました。凪良先生におかれましては、二度目の本屋大賞おめでとうございます。『美しい彼』シーズン2は去年に続いてのギャラクシー賞マイベストTV賞という快挙で、ファンとしては、本当に嬉しいかぎりです。

私たちの起源のホモサピエンスは人属として唯一、合理的でない、あってもなくても生きることに直接関係のない文化を持ったのだそうです。そして地球上で一番長く生き続けています。エンタメは心の栄養なんですね。

ＢＬの研究も順調です。『ＢＬ進化論　ボーイズラブが社会を動かす』溝口彰子著を今読んでいます。ＢＬの50年の歴史とともに、それに沼る時に起こる気持ちの不思議も解明しそうです。

最近よくお見かけするイエール大学助教授の、成田悠輔さんは痛快です。「コスパを良くしたいなら死ねばいい」という執着しない生き方に共鳴します。そんな風になにものにもとらわれずに、生きてみたいものです。執着は捨てたつもりでも、いつの間にかまたそこにあります。

途中ワープロが壊れるというアクシデントがありました。

杏子さんに「もうパソコン買いに行こう。今のは変換機能も全然違うから」と説得されて苦手と思って敬遠していたパソコンを買いました。どちらかといえば、保守的な杏子さんが、一生懸命後押ししてくれているのが、とても嬉しく思いました。

途中ヴはどうやって打つのかとか、エンターたたいたら行間がおかしなことになってしまったとか、後半になればなるほど、なにかをやらかしたら、今までの苦労が水の泡になる恐怖と戦いながら、何かあるとパソコン持って娘の所に走って、なんとかまとめることができました。

編集の方々にはいろいろと貴重なご指摘を頂きありがとうございました。一時は気が遠くなりましたが、自分では気づけない所に気づくことができました。こうして一つの形にすることで、人生2度目のリセットができました。

贅沢な話ですが、エンディングは藤井風さんの『風よ』でお願いしたいです。今25才の風さんが23才の時につくった曲が65才の琴線に触れるってミラクルですね。少しノスタルジックなこの曲で、もう少しだけ、感慨深い気持ちに浸りたいと思います。

2023年6月4日
ナカムラ・エム

〈著者紹介〉

ナカムラ エム（なかむら えむ）

1958年、横浜生まれで、静岡育ちです。独身時代はアパレル業界、その後は保険会社勤務。趣味はバレエ、BL、読書、これを機にいろんな事を発信していけたら幸せです。

推《お》してみて

2023年8月20日　第1刷発行

著　者　ナカムラエム
発行人　久保田貴幸

発行元　株式会社 幻冬舎メディアコンサルティング
〒151-0051　東京都渋谷区千駄ヶ谷4-9-7
電話　03-5411-6440（編集）

発売元　株式会社 幻冬舎
〒151-0051　東京都渋谷区千駄ヶ谷4-9-7
電話　03-5411-6222（営業）

印刷・製本　中央精版印刷株式会社

検印廃止

Printed in Japan
ISBN 978-4-344-94574-6 C0095
幻冬舎メディアコンサルティングＨＰ
https://www.gentosha-mc.com/